DISCOURS

SUR

LA CONDITION ET LES DEVOIRS

DE

LA FEMME ISRAÉLITE

PRONONCÉS PENDANT L'HIVER 5629

PAR SIMON LÉVY

GRAND RABBIN DU CONSISTOIRE DE LA GIRONDE

BORDEAUX

IMPRIMERIE GÉNÉRALE D'ÉMILE CRUGY

16, rue et hôtel Saint-Siméon, 16

1869

DISCOURS

LA CONDITION ET LES DEVOIRS

DE

LA FEMME ISRAÉLITE

PRONONCÉS PENDANT L'HIVER 5629

Par Simon LÉVY

GRAND RABBIN DU CONSISTOIRE DE LA GIRONDE

———————— ✦ ————————

BORDEAUX

IMPRINERIE GÉNÉRALE D'ÉMILE CRUGY

16, rue et hôtel Saint-Siméon, 16

1869

TRÈS-CHERS FRÈRES,

Au lieu de la Lettre pastorale que nous avons
pris l'habitude de vous adresser chaque année à
pareille époque, nous vous donnons une série de
discours prononcés par nous, dans le courant de
cet hiver, sur la condition et les devoirs de la
femme israélite. Des instances réitérées où l'a-
mitié a certes plus de part qu'une sévère appré-
ciation, ne nous permettent plus de nous refuser
au désir que l'on nous a exprimé de voir ces
quelques discours livrés à la publicité. Mais, en
cédant, nous croyons faire œuvre pieuse de leur
donner la place de notre Lettre pastorale habituelle, afin de procurer à nos idées le moyen
de pénétrer jusque vers ceux qui n'en ont pas
recueilli l'expression sur nos propres lèvres.

Et en parlant ainsi, nous avons principalement
en vue nos coreligionnaires disséminés sur toute
l'étendue de la circonscription consistoriale de la
Gironde, et vis-à-vis desquels nous nous recon-
naissons le devoir de leur faire parvenir aussi, de
temps à autre, quelque chose de cette nourriture
spirituelle que nous sommes toujours si heureux
d'offrir à ceux qui, à Bordeaux, se trouvent in-

finiment plus rapprochés de notre direction pastorale.

Mais, même parmi ces derniers, il peut s'en trouver pour qui ces discours seront tout à fait chose nouvelle. Il y a longtemps que nos docteurs, parlant de la Synagogue, ont dit : « La » mère est plus désireuse de donner son lait que » les enfants ne le sont de le boire [1]. »

A vous, chers Frères, à vous désormais le soin de faire que cette parole ne trouve pas son application dans notre Communauté. Il ne faut, à cet effet, que déployer quelques sérieux efforts pour assister régulièrement aux offices religieux des samedis et jours de grande fête.

Pour ce qui nous concerne, vous le savez, rien ne nous a jamais coûté quand il s'est agi de stimuler ces efforts. C'est précisément dans cette vue qu'au début de notre ministère parmi vous, nous avons institué un système régulier de prédication. Heureux si le modeste fruit que nous vous en offrons aujourd'hui peut acquérir à vos yeux un prix assez sérieux pour vous faire prendre la résolution dont nous vous parlons, et à laquelle nous attachons, comme vous pouvez le penser, une très-haute importance !

Bordeaux, mars 1869.

---

[1] Talmud, traité Pesachim, p. 112.

DISCOURS

SUR

LA CONDITION ET LES DEVOIRS

DE

LA FEMME ISRAÉLITE

PREMIER DISCOURS

CHERS FRÈRES,

Depuis qu'on a rouvert le livre de la Loi pour y faire régulièrement les lectures sabbatiques, je me suis plu, en prévision de nos conférences de cet hiver, à noter attentivement les différentes façons et surtout la fréquence avec laquelle la Bible aime à parler de la femme israélite. Je n'ai pu oublier l'ancien et persévérant reproche adressé au Judaïsme d'avoir méconnu les droits de la femme, exagéré ses devoirs dans l'état de mariage; de n'avoir pas réservé pour elle les prérogatives d'égalité qui sont son apanage naturel; de l'avoir, en un mot, plutôt considérée comme l'esclave que comme la compagne de son mari. Et je me suis

1

dit : Peut-être, en effet, une législation qui a pris naissance sur le sol de l'Orient, était-elle irrémédiablement destinée à porter sur elle ce cachet d'imperfection, cette tache originelle et native? Peut-être, en effet, malgré la haute pensée et le génie élevé de Moïse, et même malgré l'intervention directe de Dieu, était-il impossible d'adapter aux mœurs des Hébreux d'alors une loi différente de celle qui convenait à tous les autres habitants de ces pays du désert où, encore aujourd'hui, l'homme est tout et la femme presque rien? Et vous pouvez par là imaginer l'inquiétude, l'espèce d'anxiété avec laquelle j'ai interrogé sur ce point tous les passages des saintes Écritures où il est question de la femme, au fur et à mesure que les lectures sabbatiques me les présentaient.

Eh bien! je puis déjà vous dire aujourd'hui que mes craintes ne se sont point réalisées. Quatre chapitres du Pentateuque nous ont été lus depuis le lendemain de Simchat-Thora. Nous en sommes aujourd'hui au cinquième. Il n'est pas un seul de ces chapitres où il ne soit question de la femme, et duquel on ne puisse conclure que la Bible a eu de ses droits et de ses devoirs, de sa dignité et de sa grandeur, de l'excellence de sa nature, de la douceur de son cœur et de l'élévation de son caractère, je ne dis pas la plus généreuse (car il n'y a pas de générosité à reconnaître le vrai), mais la plus exacte idée. Ici, quand la Bible raconte l'histoire de la création, elle assigne à la femme la même origine qu'à l'homme, et la même attention de la part de Dieu à la former de ses propres mains. Car vous savez, mes Frères, que, pour tous les êtres inférieurs à l'homme, Dieu s'est borné tout simplement à dire : Que cet être paraisse dans le monde, que les eaux et la terre le produisent! semblable à un maître qui donne magistralement un ordre pour des choses auxquelles il trouve indigne de mettre lui-même la main. Mais quand il s'agit de l'homme et de la femme, le texte aime à insister sur la part toute personnelle que Dieu a prise à leur formation, voulant par là marquer la grandeur et l'égalité natives de tous deux ensemble et au même titre. Ailleurs, l'Écriture sainte ne nous montre-t-elle pas une humble esclave entrant en communication avec Dieu et recevant de lui des ordres et des promesses sacrées? C'est Hagar, la servante de Sarah, à laquelle Dieu se manifeste deux fois, et qui, tout en portant le titre d'esclave, n'a point perdu pour cela sa dignité de femme qu'aucune chaîne ni qu'aucune condition servile ne sont jamais capables de compromettre aux yeux de la Bible. Enfin, dans le chapitre d'aujourd'hui, la Bible ne se complaît-elle pas, presque outre mesure, à nous entretenir de tout ce qui est relatif à la mort de Sarah, entrant dans les moindres détails, nous représentant Abraham portant le deuil le plus profond, versant des larmes amères, sacrifiant tout pour ensevelir dignement sa femme Sarah, voulant évidemment par là faire ressortir les sentiments d'affection et de respect mutuels entre les deux vieillards qui avaient toujours su s'estimer, se comprendre, se considérer comme l'homme et la femme doivent sans cesse le faire? Et dans ce même chapitre d'aujourd'hui, admirez encore la complaisance avec laquelle la Bible s'étend sur tout ce qui est relatif à la jeune Rebecca, qu'elle nous représente douée d'une douceur angélique, d'une attendrissante commisération pour Éliézer altéré de soif, et même pour ses chameaux qu'elle s'empresse d'abreuver de ses mains délicates, comme pour nous faire voir les qualités qui doivent distinguer une noble jeune fille, et qui feront un jour d'elle la providence tutélaire de la maison qu'elle sera admise, en qualité d'épouse, à conduire, à gouverner, à régenter.

Tous ces textes, mes Frères, suffiraient amplement à appuyer la thèse que je me propose de soutenir devant vous, à savoir, que le Judaïsme a eu du rôle de la femme, de ses droits et de ses devoirs la plus haute et la plus juste idée. Je pourrais donc immédiatement entrer au cœur de mon sujet; mais, comme je tiens à ce qu'un plus grand nombre encore de nos jeunes filles et de nos mères de famille soient présentes à ces entretiens qui me paraissent être d'une nature si intéressante, je remets à notre prochaine conférence le plaisir d'aborder un à un les différents points que je me propose de traiter devant vous. Je voudrais volontiers appeler à ce rendez-vous tout l'ensemble de mes fidèles, car rien assurément ne saurait être plus important pour eux que d'apprendre comment la législation juive, la plus ancienne du monde, a compris les rapports mutuels qui doivent exister entre les deux portions qui composent le genre humain en grand et la famille en petit. Pourtant, tout en désirant me borner aujourd'hui à ces simples paroles que je vous prie de ne considérer que comme une introduction à nos conférences futures, je ne veux cependant pas descendre de cette chaire sans vous entretenir quelque peu de ces femmes israélites que je vous propose dès à présent, mes chères Sœurs, comme autant de modèles à imiter.

Parmi ces femmes de la Bible, il en est une principalement dont je puis d'autant moins m'empêcher de vous dire quelques mots en ce moment, qu'elle forme l'objet premier du chapitre de la Loi qu'on nous a lu ce matin au temple. Je veux parler de Sarah, la mère d'Isaac, la femme du premier de nos saints patriarches. Il faut, mes Frères, que cette femme ait été pleine d'un rare mérite aux yeux de la Bible qui s'étend sur l'événement de sa mort comme elle ne le fait plus pour aucune des autres femmes de l'histoire sainte. Je me trompe pourtant. Rachel aussi est singulièrement remarquée par les saintes Écritures, qui se plaisent à nous raconter comment elle est morte, qui nous indiquent l'endroit où elle a rendu le dernier soupir, et la façon toute distinguée dont Jacob a célébré ses funérailles et honoré son tombeau. C'est que, mes Frères, Rachel et Sarah ont été comme les deux femmes types en Israël, celles qui ont été, pour ainsi dire, les deux anneaux-maîtres de sa chaîne historique. Sarah, la mère d'Isaac, par l'éducation qu'elle a su donner à son fils, a appris au peuple hébreu comment il fallait aimer Dieu, comment il fallait savoir se dévouer à ses ordres, se sacrifier à ses volontés, se soumettre, se résigner à son commandement, et offrir au besoin sa vie sur l'autel de la religion. Rachel, elle, a été cette tendre mère de Joseph et de Benjamin, deux figures sur lesquelles Israël a essayé plus tard de se modeler pour offrir au monde l'image d'un peuple plus souvent persécuté que favorisé, plus souvent malheureux qu'heureux, et trouvant toujours de la force et du courage dans un cœur qui ne savait oublier ni la patrie absente, ni la mémoire de pieux ancêtres, ni le culte d'une religion d'où sont sorties la lumière et la vérité pour toutes les autres religions. Du tombeau de Rachel, dit la tradition, de ce tombeau qu'on voit encore aujourd'hui sur le chemin d'Ephrath, non loin de Bethléhem, de ce tombeau sortait une voix plaintive chaque fois qu'Israël était obligé de prendre le chemin de l'exil. « Rachel pleure ses enfants [1] », s'écrie le poète : רחל מבכה על בניה, et elle gémira aussi longtemps que Jérusalem ne se sera pas relevée de ses ruines. C'est le mausolée de notre douleur et c'est aussi celui de notre espérance, et voilà pourquoi le Pentateuque s'arrête à raconter comment Jacob a érigé de sa propre main une pierre sur la tombe de sa bien-aimée épouse [2].

Quant à Sarah, dont la Bible aime à raconter à longs traits la mort et l'enterrement, quant à Sarah, mes Frères, il est curieux de voir comment la tradition se complaît à énumérer ses vertus. Elle était d'abord, dit le Midrasch [3], l'ange gardien du foyer domestique, la providence de la tente qui abritait le patriarche Abraham. כל ימים שהיתה שרה קיימת היה ענן קשור על האהל « Aussi longtemps que Sarah vivait, un nuage » planait sur la tente d'Abraham. » Sarah était devenue pour le foyer conjugal une protection vivante. Dieu était descendu dans un nuage pour couvrir de son égide sacrée la tente du patriarche, où trônait l'épouse par excellence qui, loin de chercher à se grandir, s'effaçait pour mieux se livrer à la pratique des vertus domestiques. Elle ne vivait que pour son mari, pour la bonne tenue de sa maison, et ne s'occupait du dehors que tout autant qu'il fallait pour faire bénir par les autres la maison

---

[1] Jérémie, 31, 15.

[2] Genèse, 35, 20.

[3] Voir, pour toutes ces citations, Midrasch Rabba sur Genèse, chap. 60 à la fin.

du patriarche. Et cette maison, continue le Midrasch, était devenue, grâce à Sarah, une vraie source de bénédictions. Les portes en étaient toujours ouvertes. Deux chemins y conduisaient : l'un par où les pauvres entraient, l'autre par où ils sortaient, afin que ne se baissassent jamais de honte les yeux de ceux qui ne désiraient être aperçus de personne : כל ימים שהיתה שרה קיימת היו דלתות פתוחות לרוחה Et ce n'était pas tout encore : à côté de la charité, la piété avait également son autel dans cette humble demeure. De cette piété Sarah avait accepté le sacerdoce. Elle allumait tous les vendredis soirs la lampe sabbatique : היה נר דלוק מערב שבת לערב שבת On se rappelait ainsi chaque semaine la grande œuvre de la création sur laquelle Abraham avait tant médité. Le Créateur était adoré là comme dans un temple élevé en son honneur, et c'était une modeste femme qui aidait le patriarche à apprendre pour la première fois à l'humanité ignorant encore cette vérité réparatrice, que Dieu demande à l'homme de se reposer le septième jour de la semaine, et de lui consacrer ce jour autant pour le remercier de l'avoir soutenu pendant la semaine écoulée, que pour lui demander de lui prêter de nouvelles forces et une nouvelle santé pour la semaine suivante.

Voilà sous quels traits la tradition israélite a aimé de se figurer la noble femme du patriarche. Quelle leçon pour vous toutes, mes chères Sœurs, qui, à l'exemple de Sarah, avez à diriger une maison, à maintenir l'ordre, la dignité dans un ménage, et à apprendre à une famille naissante à trouver le chemin du ciel, la voie du Seigneur! C'est une sainte, quelquefois une lourde tâche qui vous incombe, et pour la compréhension de laquelle il n'est pas de trop que nous consa-

crious les quelques entretiens que nous aurons le
bonheur d'avoir avec vous dans le courant de cet
hiver. Heureux si nous pouvons arriver à vous éclairer
suffisamment sur tous vos devoirs! Dans vos mains
se trouve tout notre avenir, l'avenir de la religion,
l'avenir de la patrie, l'avenir de la société. Nos fils et
nos filles ne seront jamais autre chose que ce que
vous parviendrez à faire d'eux; et si nos docteurs se
sont avancés jusqu'à dire que ç'a été surtout par le
mérite des femmes vertueuses qu'Israël a été autrefois
tiré de l'Égypte בזכות נשים צדקניות שהיו באותו הדור נגאלו
אבותינו ממצרים [1], nous, nous pouvons dire que c'est par
la piété forte et intelligente qu'avaient su inspirer leurs
mères à nos ancêtres, que ceux-ci ont su si admi-
rablement se raidir contre l'ennemi qui cherchait à les
terrasser, et nous nourrissons l'espoir que ce sera
encore par la piété de nos mères d'aujourd'hui qu'Israël
refleurira et reprendra finalement sa splendeur première. Qu'ainsi il advienne, *Amen !*

---

[1] Voir Midrasch Rabba sur l'Exode, chap. 1. Comparez Talm., traité
Sota, p. 11 verso.

DEUXIÈME DISCOURS

Chers Frères,

Dans un premier entretien sur la femme, nous n'avons guère fait que poser les jalons à parcourir dans le cours de nos conférences de cet hiver. Ces conférences, avons-nous dit, nous seraient toutes nécessaires pour épuiser le sujet que nous avons pris la résolution de traiter avec vous. Et encore prévoyons-nous, dès à présent, que nous ne pourrons pas donner à chacun de nos entretiens l'étendue que comporterait l'importance des différents points que nous serions si heureux d'élucider complétement pour votre édification. Il en est toujours ainsi, mes Frères, quand on tombe sur une matière intéressante. Les arguments à faire valoir, les points de vue divers à signaler se multiplient sous la main. Bon gré, mal gré, on est obligé de se circonscrire, de se limiter, et c'est ce que nous vous avons déja fait pressentir dans notre dernier discours, en vous marquant notre dessein de diviser notre sujet en deux parties très-simples, l'une où il sera question des droits de la femme, et l'autre de ses devoirs. C'est donc des droits de la femme que nous allons traiter.

Et tout de suite, mes Frères, j'ai besoin de faire ici de sérieuses réserves. Au siècle actuel, où l'on est enclin à tout exagérer, à tout outrer, semblable à l'enfant qui se jette toujours avec trop de pétulance sur le premier objet de ses désirs; au siècle actuel, dis-je, que n'a-t-on pas cherché à comprendre, à mettre sous ce mot : les droits de la femme? Il n'a pas été rare de voir revendiquer sous ce titre des prérogatives dont certes les femmes seraient les premières à se démettre si jamais on les en investissait, et qui, sans nul doute, leur pèseraient plus lourdement que n'ont pesé à leurs devancières les chaînes de l'esclavage réel où on les a tenues soumises trop longtemps pour l'honneur de la civilisation. N'a-t-on pas parlé pour elles de droits politiques, de renversement de l'ordre de primauté naturelle qui, jusqu'ici, a toujours régné dans la famille? A l'inverse de ce qui se faisait autrefois et comme pour les compenser d'une privation dont elles ont souffert dans le passé, n'est-on pas allé jusqu'à revendiquer en leur faveur le sceptre de la conduite des choses humaines, voulant, par là, les mettre à même de tenir dans la soumission ceux qui les y avaient tenues naguère, et pendant peut-être le même nombre d'années et de siècles? Ce sont là, mes Frères, de funestes exagérations qui, heureusement, n'ont jamais fait irruption sur le terrain du Judaïsme, et dont le Judaïsme d'ailleurs a fait justice dès son apparition par cette phrase imagée mais profondément juste et vraie : לא יהיה כלי גבר על אשה ולא ילבש גבר שמלת אשה כי תועבת ה' אלהיך כל עשה אלה.

11

« Que les vêtements de l'homme ne soient jamais portés par la femme, ni ceux de la femme par l'homme; c'est une abomination devant l'Éternel d'agir ainsi [1]. »

Chacun dans sa sphère, voilà donc l'économie de la théorie biblique, voilà sa sage et prudente solution du problème de l'émancipation de la femme. De sorte, mes Frères, que si, m'inspirant des vues de la Bible, j'ai prononcé et je prononce encore aujourd'hui le mot d'égalité pour la femme comme pour l'homme, ne croyez pas que je veuille par là réclamer pour elle des bénéfices consistant à la faire figurer, dans la vie publique, à la place que l'homme y a occupée jusqu'à présent, et à détrôner même quelque peu ce dernier en sa faveur. Non; pour moi, l'égalité de la femme et sa liberté consistent dans la faculté qui lui est laissée et dans les facilités qui lui sont données de se mouvoir à l'aise dans son cercle d'activité à elle, de s'y développer, de s'y perfectionner au point de vue moral comme au point de vue intellectuel, par la pratique de toutes les vertus, par l'acquisition de toutes les connaissances capables de fortifier son cœur et sa raison, et de faire d'elle une héroïne dans le champ spécial de la vie privée, de la vie domestique qui est comme la lice où Dieu l'a appelée à combattre, de même qu'il a destiné l'homme à combattre, à se mesurer dans sa lice à lui, qui est la vie publique. Ce sont là les droits stricts de la femme, et ce sont là les nôtres placés en regard des siens.

Et voyez comme éclate ici l'infinie sagesse du

[1] Deutéron., 22, 14.

Créateur! La vie, vous le savez, mes Frères, a deux faces très-distinctes. L'une comprend toute la partie de notre existence qui s'écoule en dehors de la famille, au milieu des vicissitudes, des dangers et des injustices du monde; cette vie vous l'avez nommée : c'est la vie publique. L'autre est ce que l'on appelle la vie privée; elle est tout intime et retirée, elle est toute d'intérieur : c'est la vie domestique. Or, mes Frères, dans chacun de ces deux états a dû être placé quelqu'un qui lui servît, pour ainsi dire, de providence particulière, qui s'en occupât spécialement, et prît soin de ses intérêts, de son développement, de sa prospérité. Voilà pourquoi l'homme a reçu en partage des facultés plus vigoureuses, plus robustes, plus énergiques, et la femme des facultés, je ne veux pas dire plus faibles, mais plus restreintes, plus tendres, plus sensibles, et, par cela même, plus relevées et plus distinguées. A lui, à l'homme, la force, l'audace et le courage, car il est obligé de lutter au dehors contre les misères et les écueils de la vie. Il a à naviguer sur une mer orageuse où le déchaînement, la rencontre et le choc des passions soulèvent à chaque instant de furieuses tempêtes. A lui encore le génie des affaires, les ressources variées d'une intelligence entreprenante. Il est à la tête de la famille, il a charge de veiller à son entretien, à ses besoins. A lui enfin les vastes conceptions, le pouvoir de sortir du fini pour s'élancer dans les régions de l'infini, de creuser dans les profondeurs de la science, de multiplier, par de merveilleuses inventions, les immenses bienfaits de l'industrie, d'enrichir le domaine des arts, de les perfectionner. A lui tout cela, parce que, créé le premier et placé par Dieu, après sa création, dans le Paradis

terrestre, il a eu la mission spéciale, dit la Bible [1], de
le travailler et de le garder : לעבדה ולשמרה

Mais dans ce jardin de délices il ne resta pas longtemps seul, ou plutôt, pour le dire avec nos docteurs [2], ce jardin de délices n'en fut un pour lui que
parce que bientôt il y rencontra une compagne. אדם שרוי
בלא אשה אינו נקרא אדם A cette compagne qui lui fut
ainsi envoyée par la bonté divine, à cette compagne,
quelle mission pouvait donc lui être réservée? Assurément pas la même que celle réservée à l'homme.
Pas plus que nous, Dieu ne se donne l'inutile plaisir
de doubler vainement ce qui n'a pas besoin d'être
doublé. Le combat du dehors, la vie publique avait
son héros, sa providence; il restait à donner la sienne
à l'autre vie, à la vie privée. Et c'est la femme qui
reçut cette nouvelle mission; et en même temps que
cette mission, elle reçut en partage les plus nobles
facultés propres à lui en faciliter l'accomplissement.

Et au fait, mes Frères, que manque-t-il à la femme
pour s'entourer, dans sa sphère à elle, d'un vif éclat,
pour gagner, comme le fait l'homme dans la sienne,
de l'estime et de l'admiration? Est-ce que par hasard
les perles qui brillent sur son front seraient moins res-
plendissantes que celles qui ornent le nôtre? La main
de Dieu aurait-elle répandu sur tout son être moins dé
charmes et moins de splendeurs? Vous savez, mes
Frères, combien, sous tous ces rapports, la femme, au
contraire, l'emporte sur l'homme. Et ce qu'il y a de con-
solant à dire, c'est que la beauté physique qui constitue réellement son avantage sur nous, n'est le

[1] Genèse, 2, 15.

[2] Talm., traité Jebamoth, p. 62.

plus souvent que l'image des beautés intérieures, su-
perbe et glorieux patrimoine de son âme. Si la force
est d'un côté, les grâces sont de l'autre. Tandis que
l'homme se repose plus volontiers sur sa hardiesse
et sur son audace, la femme sait tout gagner par la
douceur et la bonté, qui sont chez elle des qualités
toutes naturelles. Si l'homme tient le sceptre de la
puissance, elle, elle tient le sceptre des mœurs et celui
des bonnes convenances. Sous son influence morali-
satrice, tout revêt le ton le plus distingué, les couleurs
les plus relevées. Tandis que l'homme, enfin, travaillé
par mille désirs contraires, s'élance continuellement
vers l'avenir, parcourt son chemin avec impétuosité,
amasse et disperse, crée et détruit, élève et abat, aime
et déteste, la femme cueille avec calme les fleurs du
présent. Elle est douée d'une patience et d'une résignation angéliques. Elle sait espérer ; elle sait attendre.
Aussi, si elle arrive moins vite, elle arrive plus sûre-
ment que l'homme. Plus timide, elle bronche moins
souvent. Craignant de se hasarder dans des routes
toujours nouvelles, préférant marcher dans des sentiers
battus, elle est moins exposée aux tristes déceptions
que l'homme rencontre infailliblement dans des entre-
prises hasardeuses. Et que dire, mes Frères, de ce tact
admirable et de cette exquise sensibilité qui la distin-
guent ? Y a-t-il quelqu'un qui sache, comme elle, faire
rentrer dans son foyer, sous la cendre, le feu de la
discorde, et offrir une consolation salutaire par une
larme de pitié tombée de ses yeux ? Ne sont-ce pas là
autant de qualités précieuses quand on a le devoir de
présider à la vie de famille ? La patience, la résignation,
la douceur, l'espérance, la sensibilité, le tact, ne sont-
ils pas indispensables pour surmonter les difficultés,

pour supporter les désagréments, pour suffire aux mille et mille soins, pour accomplir les nombreux devoirs que présente la direction de la vie domestique? Comme l'homme, la femme a donc été douée de hautes perfections. Dieu, ayant tracé un autre cercle à son activité, lui a départi d'autres moyens capables de le lui faire parcourir avec succès. Mais, en somme, elle fait avec nous partie d'un seul et même tout.

Cela étant, mes Frères, comment saurait-il être question entre l'homme et la femme d'inégalité, d'infériorité et, par suite, de soumission et d'obéissance? Et pourtant ces mots se rencontrent et dans des législations modernes et dans d'autres qui, d'une date plus ancienne, sont encore parfaitement appliquées de nos jours, bien qu'heureusement dans un pays qui n'est pas le nôtre.

Le Judaïsme, lui, n'a voulu en aucune façon consacrer ces termes de son autorité, parce qu'il a senti que, par l'égoïsme du mari, ils pouvaient facilement porter atteinte au droit naturel de la femme. Car, pour parler ici de l'obéissance seulement : certes, ce devoir peut, sans injustice, être déclaré nécessaire pour assurer l'unité de vues dans la famille. Mais voyez comme il menace de devenir destructeur de l'égalité de droits entre mari et femme, si constamment on ne s'efforce de le ramener à sa signification, à sa portée la plus paternelle! Est-ce que l'obéissance imposée de force ne se change pas en tyrannie et en oppression? Est-ce que la protection même exercée par le mari à l'égard de sa femme, cette protection si naturelle dans l'état de mariage, ne devient pas un insupportable patronage, dès que le respect, l'estime, l'honneur et la douceur cessent de l'accompagner?

Aussi, quand, dans l'acte de la *Ketouba*[1], le Judaïsme a inscrit le mot protection אפלח, l'a-t-il immédiatement fait suivre du mot respect, estime, honneur ואוקיר, tant il était convaincu qu'il ne saurait jamais être question même d'une ombre d'infériorité entre deux êtres moraux et intelligents que les liens du mariage doivent unir entre eux pour les rendre égaux.

Et ces pensées et ces sentiments sont ceux que la doctrine israélite s'est plu à semer dans maint et maint endroit de ses enseignements :

השונא את אשתו דומה לרוצח

« Haïr sa femme, c'est se rendre coupable d'un meurtre[2]. »

האוהב את אשתו כגופו והמכבדה יותר מגופו עליו הכתוב אומר
וידעת כי שלום אהליך

« Le principal secret du bonheur est d'aimer sa
» femme comme l'on s'aime soi-même; mais quand
» il s'agit de l'honorer, il faut le faire plus que l'on
» ne s'honore soi-même[3]. »

אמר רבי חלבו לעולם יהא אדם זהיר בכבוד אשתו שאין ברכה
מצויה בתוך ביתו של אדם אלא בשביל אשתו

« Honorez vos femmes, car c'est par elles que vous
» êtes bénis de Dieu[4]. »

---

[1] On appelle *Ketouba* un écrit en hébreu fait sur parchemin et qui est signé, au Temple même, le jour du mariage, par l'époux, deux témoins et le rabbin qui préside à la cérémonie nuptiale. Lecture et traduction de cet écrit sont données aux deux conjoints, et la remise en est faite, après la cérémonie, à la famille de l'épouse qui le conserve religieusement dans l'intérêt de la jeune mariée.

[2] Talm., Massechet Derech Eretz, ch. 9.

[3] *Ibid.*, Jebamoth, p. 62.

[4] *Ibid.*, Baba Metzian, p. 59.

לעולם יאכל אדם וישתה פחות ממה שיש לו וילבש ויתכסה במה
שיש לו ויכבד אשתו ובניו יותר ממה שיש לו

« Le mari doit en tout temps se préoccuper moins
» de sa nourriture et de ses vêtements à lui, qu'il ne
» le fait de ceux de sa femme et de ses enfants [1]. »

Enfin, cette dernière recommandation :

אמר רבי בר בר חנה הא דאמרי רבנן שלשה דברים צריך אדם
לאמרו בערב שבת צריך למימרינהו בניחותיה כי היכי דלקבלי מיניה

« Quand vous parlez à vos femmes, parlez-leur avec
» douceur, afin de ménager sans cesse leur suscepti-
» bilité [2]. »

Voilà, mes Frères, ce que, il y a trois mille ans
déjà, on avait mis dans le Judaïsme à la place des
mots soumission et obéissance Heureuse religion qui
a su comprendre et définir aussi délicatement les
droits de la femme! Religion bénie du Seigneur, et
par l'influence de laquelle nous avons vu ce spectacle
qui fait encore l'admiration des penseurs, le spectacle
d'un peuple où le saint esprit de la famille a su si
heureusement se développer, qu'il est devenu univer-
sellement proverbial. Dans une maison effectivement
où déjà, par devoir religieux, le père est tenu d'honorer, de respecter la mère, et où celle-ci témoigne
toujours, par sentiment naturel, un culte identique à
celui-là, dans une semblable maison, comment les
enfants ne se formeraient-ils pas aux douces habitudes
de fils obéissants et de filles dévouées?

Ne le perdons pas de vue. C'est parce que dans le
Judaïsme on a toujours eu une haute idée du mariage
et surtout de la femme qui en forme comme le prin-

[1] Talm., Choulin, p. 84.
[2] Ibid., Guittin, p. 7.

2

cipal pivot, que ceux qui ont vécu sous l'influence de cette saine doctrine ont pu former des modèles d'union qu'on aime encore de nos jours à citer. Veillons, mes Frères, à ne pas devenir indignes d'un semblable passé. Prions Dieu pour qu'il ne nous refuse jamais cette heureuse lucidité d'esprit qui nous fait distinguer et apprécier le caractère sacré et inviolable des droits que chacun peut faire valoir vis-à-vis de nous. C'est du respect général des droits que découle le bonheur du genre humain, et c'est leur violation qui engendre la haine, la désunion, la discorde. La paix et le bonheur de la famille résultent encore plus spécialement d'un sage équilibre maintenu entre les droits respectifs du mari et de la femme. Lorsque chacun d'eux sait demeurer au rang qui lui a été assigné par le Créateur, et que, sans se plaindre, il accomplit modestement, consciencieusement sa tâche, la fortune ne peut que sourire à leurs efforts communs et jeter des fleurs sur le chemin de leur vie. Ainsi soit-il. *Amen*.

TROISIÈME DISCOURS

Chers Frères,

Nous avons traité des droits de la femme. C'était logiquement la marche à suivre pour arriver à formuler ses devoirs. Rien ne sert mieux à fonder le caractère sacré d'un devoir comme la sainteté d'un droit clairement reconnu et solidement établi. N'est-ce pas? nous ne nous avisons jamais de demander à un être privé de raison et de liberté à remplir un devoir à notre égard. Pourquoi? Parce que cet être n'a pas de droit à faire valoir vis-à-vis de nous. Si donc nous avons tant insisté sur la légitimité des droits de la femme, ç'a été, nous vous l'avouons, pour en faire découler avec d'autant plus d'abondance l'obligation de ses devoirs. Et cela peut expliquer, en quelque sorte, la hardiesse avec laquelle nous nous sommes élevé dans notre dernier discours contre toute doctrine qui voudrait faire de la femme un être inférieur à l'homme. Si cette infériorité était réelle, il en résulterait immédiatement un amoindrissement dans ses devoirs à elle. Droits et devoirs, ce sont comme les deux plateaux d'une seule et même balance. Ce que l'un gagne, l'autre le perd, et ce que l'un perd, l'autre le gagne immanquablement. C'est pourquoi nous n'admettrons jamais qu'on puisse parler d'inégalité et, par suite, de soumission ou de protection mal entendue entre l'homme et la femme. Ah ! sans doute, la femme aime à s'appuyer de l'homme, à se mettre sous sa protection, parce qu'elle sent que la nature lui a départi plus de force qu'à elle. Mais cette protection n'ôte rien au principe d'égalité qui doit régner entre les deux ; elle n'est que l'appui du tuteur pour la fleur délicate, laquelle, tout en réclamant cet appui et en s'en servant, n'en garde pas moins le cachet supérieur de son parfum, de sa délicatesse et de son élégance toute particulière. Oui, sans doute, dans la pratique de la vie, la femme, qui est comme une fleur délicate exposée à se flétrir au moindre vent, à souffrir du moindre frimas, a besoin de la tutelle de l'homme auquel elle témoigne, en retour, de la soumission et de l'obéissance ; mais elle n'en demeure pas moins son égale au point de vue du principe de leur origine commune et des facultés identiques dont ils ont été tous les deux doués par la main généreuse de la Providence ; et c'est précisément cette égalité que le Judaïsme a voulu proclamer, quand il a mis dans l'acte de la *Ketouba* les mots honneur, respect et douceur, en recommandant spécialement ces mots à l'attention de l'homme vis-à-vis de la femme, être plus sensible, plus délicat que lui, et, par conséquent, plus exposé à devenir martyr dans une union où la force est d'un côté et la faiblesse de l'autre.

Et remarquez, mes Frères, comment le Judaïsme, agissant avec cette largeur de vues, était ensuite recevable à élever la voix pour recommander à la femme des devoirs qui deviendraient pour elle d'autant plus sacrés qu'on s'était efforcé de lui faire de son intérieur une espèce de royaume, dont elle tient souverainement le sceptre dirigeant. Aussi, ne se fait-il pas faute d'épuiser vis-à-vis d'elle toute la longue et importante série de devoirs au moyen desquels se soutient et prospère le foyer conjugal. Ces devoirs, mes chères Sœurs, nous allons, à notre tour, les développer devant vous. Nous les suivrons dans l'ordre même où la doctrine israélite les a classés, car elle a tellement eu à cœur de bien les définir, qu'elle s'est étudiée à établir une division entre eux. Cette division sera la nôtre, et nous l'adoptons avec d'autant plus de plaisir, qu'elle correspond parfaitement à toutes les différentes faces du sujet tel que nous l'envisageons nous-même encore aujourd'hui. Quand, effectivement, on a parlé : 1° des devoirs de la femme au point de vue de son ménage ; 2° de ses devoirs au point de vue du développement intellectuel et moral de la famille, et 3° de ses devoirs religieux, que pourrait-on dire de plus qui ne rentrât en plein dans l'un de ces trois points ? Or, ces trois points, les docteurs de la Mischnah les ont catégoriquement et clairement formulés dans cette sentence bien connue et qu'on lit tous les vendredis soirs : על שלש עבירות נשים מתות בשעת לידתן על שאינן זהירות בנדה בחלה ובהדלקת הנר. [1] La femme meurt généralement avant son temps pour trois choses non observées par elle : נדה ou devoir de la religion, חלה ou devoirs concernant la conduite matérielle du ménage, et הדלקת הנר ou devoirs ayant pour but de répandre la lumière et l'instruction au sein de la famille. C'est là le sens spi-

[1] Voir Mischnah, traité Schabbat, chap. II, § 6.

rituel de ces trois termes. Leur sens réel et littéral ne nous échappera pas, et nous nous appliquerons à vous le faire comprendre en temps opportun. De ces trois différents chefs de devoirs, nous allons choisir pour notre thème d'aujourd'hui celui qui regarde la conduite matérielle du ménage. Nous entrerons à cet égard dans tous les détails possibles, afin de tracer clairement leur route à celles de nos mères de famille qui ont bien voulu se rendre ici pour s'instruire et s'édifier de ces conférences.

Autrefois, et selon la parole de nos docteurs que nous venons de citer, la femme israélite ne dédaignait nullement de descendre dans les moindres détails de la vie domestique. Chaque semaine elle surveillait la préparation du pain qui devait servir à la consommation pendant la semaine suivante, et elle en prélevait une portion חלה pour la vouer au Seigneur en l'offrant à l'un ou à l'autre des prêtres fonctionnant dans la Palestine. C'était comme une marque des soins qu'il lui incombait de prendre de tout ce qui se faisait au foyer conjugal, alors même que son état de fortune lui permettait de se reposer de ces soins sur la vigilance et le travail de ses domestiques. Au moins, pour nous servir d'une expression devenue familière, si elle ne voulait elle-même mettre la main à la pâte, lui en imprimait-elle le cachet en prélevant la חלה. Mais, plus avant dans l'histoire sainte, nous trouvons Sarah, cette femme distinguée entre toutes, et dont nous avons déjà eu occasion d'étudier le grand et noble caractère, nous trouvons, dis-je, Sarah ne dédaignant pas de s'occuper elle-même de ce soin inférieur de la vie du ménage. Ne pétrit-elle pas de ses propres mains le gâteau qui devait être servi aux trois étrangers qu'Abraham recevait si hospitalièrement dans la tente de Mamré? C'est, Mesdames, que tout se poétise vraiment dès que vous prenez soin de le toucher de vos doigts. Qu'y a-t-il donc de plus prosaïque que le fuseau et la quenouille? et écoutez pourtant comment, dans le tableau de la femme forte, Salomon sait parler sur un ton relevé de ce travail de fileuse dont on ne veut plus faire aujourd'hui que le partage de la plus obscure et de la plus ignorante des villageoises : « Elle, la femme forte, elle recherche partout la laine et le chanvre ; sa lampe s'éteint fort avant dans la nuit, elle la rallume de nouveau avant le jour, et elle est là d'un bras agile qui va sans cesse du fuseau à la quenouille et de la quenouille au fuseau [1]. »

Vous-mêmes, Mesdames, quand il vous arrive, sur une scène quelconque, de voir représenter la femme modestement occupée à filer la laine, ne ressentez-vous pas un certain charme, un sentiment de plaisir et de satisfaction qui vous persuade que c'est bien là le portrait de l'épouse remplissant ses devoirs de mère de famille? A Dieu ne plaise que je veuille vous faire revenir au rouet traditionnel! Mais ce sentiment que vous éprouvez, et celui même que nous, nous ressentons en présence d'une semblable représentation scénique, ne prouvent-ils pas que tout ce qui, par la volonté de Dieu, est devenu, au sein du ménage, l'occupation de la femme, cette occupation fût-elle d'ailleurs la moins noblement relevée, acquiert, par la part que la femme sait y prendre, un prix et un attrait que rien ne saurait jamais remplacer? Aussi

[1] Proverbes, chap. 31, à partir du verset 10.

dirai-je que le premier devoir de la femme est d'avoir constamment l'œil et la main à tout ce qui se passe et s'accomplit dans son intérieur. Une nourriture préparée par ses soins, un meuble mis en place par elle, un rien arrangé et attaché par ses doigts, revêt une grâce toute particulière. Là où aura passé une mère active et vigilante on ne trouvera plus rien à redire. D'un coup d'œil elle a remarqué tout ce qui manque à la beauté, à la netteté, à la régularité de l'ensemble. La lumière se fait devant elle, l'ordre suit ses pas. Ceux qui travaillent sous sa direction sont autant d'exécuteurs d'une volonté qui plane de haut. Ses domestiques la secondent, mais ils ne savent pas la remplacer. Et malheur aux maisons où les serviteurs seuls sont chargés de ce soin suprême, qui revient à la maîtresse ! Les fortunes les plus sérieuses y trouvent finalement leur ruine. Car, Mesdames, vous flatterez-vous de trouver d'autres vous-mêmes qui surveilleront avec la même sollicitude que vous devez le faire, les intérêts des maisons dont le mariage vous a constituées seules les gardiennes? Mais si vous prétendez cela, les nécessités d'une maison vous ont toujours complétement échappé. Car enfin, pour ne parler que d'une seule des choses qui doivent régner dans une maison bien tenue, pour parler de l'ordre seulement, que d'attentions et de prévoyances il faut déployer pour le maintenir; prévoyances et attentions dont la maîtresse seule est certainement capable !

L'ordre dans une maison, savez-vous, Mesdames, ce que c'est? C'est d'abord une régularité, une propreté presque raffinée; c'est ensuite l'ajustement, l'arrangement parfait de toutes choses, surtout de celles qui, en apparence, paraissent être les moins importantes. Une maison où il y a de l'ordre, c'est une maison où tout est toujours à sa place, où tout s'exécute chaque jour ponctuellement à la même heure, où rien n'a l'air effaré, où la femme, soit par sa mise sur elle, soit par la mise de ses enfants, peut toujours recevoir à quelque moment de la journée que ce soit, où enfin, dans l'obscurité, elle peut mettre la main sur ce qu'elle cherche. L'ordre, en un mot, pour parler avec le poète hébreu, c'est ce talent, cette prévision admirables au moyen desquels la femme procure régulièrement à sa maison tout ce qui est nécessaire à son entretien. « La femme forte, dit la Bible, ne redoute pour sa » famille ni le froid de l'hiver, ni la chaleur brûlante » de l'été [1]. » לא תירא לביתה משלג כי כל ביתה לבוש שנים A peine une saison est-elle arrivée, qu'elle songe déjà à ce qu'il faudra pour la saison suivante; et avant que le soleil ait varié sur l'horizon, elle a lentement, silencieusement préparé mais elle les tient préparés, ces vêtements doublés qu'il faut pour garantir contre les frimas les membres si délicats de ses enfants, et ces étoffes légères qui doivent, en été, les rafraîchir et les garantir du soleil brûlant. Voilà ce qu'est la femme d'ordre; et où trouverez-vous, je vous prie, la personne de confiance qui, avec la sollicitude si naturelle à une bonne mère de famille, saura la remplacer dans ces préparatifs pour lesquels il faut une divination que Dieu a seulement prêtée à l'épouse et à la mère? Aussi voyez-la, la femme forte, comme elle est heureuse de ne s'être laissé surprendre par rien, et de voir son mari et ses enfants être toujours les premiers

[1] Proverbes, verset 21.

à pouvoir paraître en public! C'est là mon ouvrage, dit-elle en les contemplant, et elle en jouit comme si vraiment elle avait tout créé et tout produit de ses propres mains.

Elle ne jouira pas moins, mes Frères, de l'accomplissement d'un autre de ses devoirs, si elle sait s'en acquitter dignement : je veux parler de ce goût de la simplicité et de cet éloignement du luxe qui sont comme les bases de la prospérité d'une maison. Le luxe, Mesdames, c'est malheureusement, de nos jours, la grande pierre d'achoppement de chaque famille. Que de maris sont conduits continuellement à deux doigts de leur perte par le luxe de leurs femmes! Il s'est établi, sous ce rapport, une rivalité plus dévastatrice que tous les fléaux connus. C'est à qui tiendra sans cesse le premier rang, c'est à qui étalera le plus de somptuosité factice sur sa personne ou sur celle de ses enfants. On change sans cesse de vêtements, de modes et d'atours, pour en changer et en rechanger encore; et que reste-t-il après tout? Le déplaisir, le chagrin de ne s'être pas trouvée la mieux et d'avoir été éclipsée par une autre. Car il arrive ici ce qui arrive pour tout ce qui est mal. On est dévoré par les satisfactions même que l'on éprouve. Si ces satisfactions ne se résolvent pas inévitablement en déceptions, elles se résolvent toujours en folles dépenses; et remarquez, Mesdames, que par dépenses je n'entends pas seulement des dépenses d'argent, mais surtout des dépenses de temps. Oui, quand la femme est adonnée au luxe, elle gaspille le temps si précieux qu'il serait tant de son devoir de consacrer au soin de sa famille. Car, pour suivre les modes, il faut les étudier, il faut chercher à les connaître, et tout alors arrête et occupe la femme : la mise de ´sa voisine, l'étalage du magasin, sans compter les longs moments inutilement employés à ajuster et à rajuster sur elle ces vêtements frivoles dont l'ornementation est cent fois mise et remplacée pour viser au distingué, à l'exceptionnel, à l'excentrique, à l'original.

Je me rappelle à ce sujet la réponse faite un jour par la femme de Philon, un homme bien illustre et en même temps bien riche en Israël. On remarquait partout son extrême simplicité, on était même allé jusqu'à lui en faire un reproche. Eh! qu'ai-je besoin, dit-elle, de me distinguer par une mise somptueuse? N'est-ce pas la distinction de mon mari et celle de ma maison qui me mettent suffisamment en relief? Et quand donc, en effet, la femme comprendra-t-elle que rien ne sert tant à la placer haut dans l'estime du monde, comme la distinction que possède son époux et la réputation de simplicité dont jouissent sa famille et sa maison? A tous les degrés de l'échelle sociale, c'est moins le luxe que la netteté de la mise qui fait la vraie noblesse. Assurément chacun peut et doit se vêtir selon ses moyens de fortune. La prospérité des affaires et le gain de la classe ouvrière l'exigent. La femme forte, dit la Bible, aime à revêtir la pourpre, le lin et la broderie [1] : מרבדים עשתה לה שש וארגמן לבושה Mais elle sait le faire avec une modestie qui tempère tellement l'éclat de ces riches étoffes, qu'elles n'ont rien d'écrasant pour la femme qui paraît à côté d'elle plus humblement vêtue. Et si tel est le devoir de la femme riche, jusqu'à quelle simplicité ne doit donc pas descendre la mère de famille dont

---

[1] Proverbes, verset 22.

la position de fortune est trop modeste pour qu'elle puisse et doive jamais se permettre de songer à ces dépenses de luxe qui sont, à l'heure actuelle, la ruine et la honte de tant de maisons? O mes chères Sœurs, plût à Dieu que vous pussiez me comprendre à demi-mot en ce moment! Il ne convient pas à la chaire israélite de laisser tomber des paroles amères. Mais, sachez que mon cœur saigne et se remplit de douleur, quand je vois le gain pénible du mari gaspillé par des mères de famille sans prudence, sans sagesse et sans économie dans leurs dépenses. L'économie accompagnée d'une activité infatigable, voilà quel est enfin le dernier devoir de la femme pour arriver à assurer la prospérité et la bonne conduite de sa maison.

Mais je sens, mes chères Sœurs, que ce devoir a besoin d'être élucidé et développé d'une manière toute spéciale. Je remets donc le soin de le faire à une prochaine conférence, afin de ne pas trop fatiguer votre bienveillante attention. En attendant, veuillez seulement retenir cette vérité, que tout est vain et illusoire dans les projets que le mari et la femme peuvent former pour le bonheur de leur famille, si, au sein de cette dernière, la mère n'apparaît pas comme un vivant et constant exemple de travail et d'activité. « Heureux, dit le Psalmiste, si tu te nourris du produit de tes mains, si ta femme, semblable à une vigne productive, orne tous les coins de ta maison. Tes enfants s'asseoiront alors autour de ta table, et seront autant de plants d'olivier dont les branches s'étendront sur ta tête, pour ton éternelle bénédiction [1]. » Ainsi soit-il. *Amen.*

[1] Psaumes, chap. 128.

QUATRIÈME DISCOURS

CHERS FRÈRES,

Je reviens pour un instant sur les devoirs que la femme a à remplir dans l'intérieur de sa maison, devoirs que je n'ai pu qu'incomplétement développer dans mon dernier discours. Mais, auparavant, laissez-moi vous dire l'importance que le Judaïsme attache à l'accomplissement de ces devoirs. Il les prise tellement haut, qu'il va jusqu'à dispenser la mère de famille de toutes les pratiques religieuses qui pourraient la gêner, la contrarier, ou même amener un retard quelconque dans les soins qu'entraîne la bonne direction de son ménage. Le texte est remarquable et mérite de vous être cité : כל מצות עשה שהזמן גרמה אנשים חייבין ונשים פטורות « Toute loi religieuse, toute » pratique de piété dont le temps ramène régulière-» ment l'exercice chaque jour, les hommes seuls en » Israël sont tenus de les observer rigoureusement, » les femmes en sont dispensées [1]. » Admirez, mes

---

[1] Talm., traité Kidouschin, p. 29.

Frères, la sagesse de cette dispense ! La femme pour-
rait-elle vaquer convenablement et avec assiduité aux
travaux domestiques, si elle était obligée de les abandonner, de temps à autre, pour faire ses dévotions à
heure fixe ? Que de soins divers et multiples ne s'im-
posent pas journellement à elle ! Il y a, comme je l'ai
dit, dans une maison mille futilités, mille riens qui
ajoutent à la beauté de l'ensemble, lorsqu'une main
adroite sait les arranger et les mettre en ordre. Ce
sont les ombres du tableau qui demandent à être mé-
nagées et distribuées avec autant de talent que les
lumières. La religion israélite s'efface donc sagement
pour laisser à la femme un libre emploi de ses moments. Mais cette abnégation rend d'autant plus sacrés et plus impérieux les devoirs pour lesquels elle
se produit. Ils sont impérieux et sacrés, en effet, ces
devoirs de l'accomplissement desquels dépendent l'ordre
et l'économie d'une maison. Voyez comme le roi-poète
exalte l'épouse vertueuse qui sait faire régner ces deux
vertus dans sa demeure : « Elle est un trésor pour
» celui qui l'a trouvée. Son époux se confie en elle,
» et pendant qu'il lutte au dehors contre les difficultés
» de la vie, elle lui prépare, au foyer domestique, la
» coupe de délices où il noiera toutes ces amertumes.
» Tout prospère sous son œil vigilant, sous sa main
» active. Tout est reluisant de blancheur, de propreté
» et de beauté ; elle revêt tout de sa grâce. Ce n'est
» pas elle qui se reposerait sur les soins d'une domes-
» tique. L'aurore la trouve debout, distribuant le pain
» à sa maison, le travail à ses filles. Elle est là qui
» les surveille, les encourage, les anime de son ar-
» deur. Sous tous leurs ouvrages, elle imprime un doigt
» agile et donne l'exemple de l'activité. Et quand elle

» voit que le ciel bénit son travail, que son époux
» s'applaudit de son zèle, que ses enfants font l'admi-
» ration générale, oh! alors, contente et heureuse,
» elle trouve encore une larme de pitié pour le pauvre
» qui frappe timidement à sa porte. De cette même
» main qui a su tant travailler et tant produire, elle
» lui tend une aumône généreuse qu'elle accompagne
» de douces paroles de consolation [1]. »

O vous, mes Sœurs, qui venez d'écouter avec émo-
tion les louanges que le plus grand des rois donne à
la femme active et laborieuse, pouvez-vous croire qu'il
y ait encore des épouses assez légères pour préférer
une vie oisive et diversifiée par quelques distractions
frivoles, au plaisir de bien conduire, de bien surveiller
leur ménage? Pensez-vous que l'on puisse gagner de
l'ennui au sein d'une famille, où mille soins attendent et
sollicitent ainsi une mère, et que l'on soit obligé d'aller
demander au monde et à ses fols amusements de quoi
s'étourdir et se distraire? Non, ce ne peuvent être là
les véritables épouses selon l'esprit du Seigneur. Car
n'est-il pas précisément d'un cœur bien doué de se
complaire dans la sage, dans l'active direction de sa
maison? Et s'il m'était permis de me servir ici de
cette image, Dieu ne jouit-il pas d'une suprême féli-
cité de voir l'univers marcher avec régularité et économie? C'est, pour ainsi parler, un monde en minia-
ture que vous avez, Mesdames, à gouverner ici-bas.
Que ce soient donc aussi vos constantes préoccupations et la vraie source de vos plaisirs que d'imprimer
à votre maison une marche régulière et mesurée.

Mais, ainsi que le monde, à côté des lois physiques,

[1] Proverbes, chap. 31.

est encore gouverné par des lois morales, de même,
mes Frères, le soin d'élever une famille n'impose pas
seulement à l'épouse des devoirs matériels, mais encore
des devoirs moraux et intellectuels. C'est ce que nous
avons trouvé renfermé dans le הדלקת הנר de la Mischnah[1].
Ces nouveaux devoirs, par cela même qu'ils se rap-
portent à la partie noble de l'homme, à son âme, à
son intelligence, sont d'un ordre plus élevé que les
premiers. Ce ne sont plus maintenant des occupations
qui ne demandent que de bonnes habitudes de travail
et d'ordre une fois contractées; c'en sont de toutes
nouvelles qui exigent un effort de l'esprit, de la ré-
flexion, de la prudence, des préoccupations sans
nombre et une patience à toute épreuve. Il s'agit
maintenant pour la femme d'étudier la position sociale
qu'elle occupe avec son mari, afin de ne pas rester
au-dessous de cette position, ni de l'outrepasser
par une ambition démesurée et une fierté toujours
répréhensible; de partager avec lui les peines de la
vie, de soutenir, d'animer son courage si l'infortune
s'attache à ses pas, comme aussi de tempérer les joies
qui lui sont envoyées de Dieu, de peur que la fortune
ne l'aveugle et ne le rende ingrat envers la Providence.

Quant aux enfants, c'est en leur faveur surtout que
la femme doit déployer toutes les ressources de ses
belles facultés d'esprit et de cœur. Tout ce qu'elle
peut avoir de bonté et d'amour, de sollicitude et de
vigilance, n'est pas de trop pour ces êtres faibles et
innocents qui conservent si facilement l'empreinte de
tout ce qu'on fait passer sous leurs yeux. Une mère

[1] Voir plus haut, p. 21.

ne saurait donc veiller avec trop de soins à leur éducation première. De cette éducation elle doit s'occuper elle-même ou, au moins, la diriger de haut et surtout se garder d'abandonner ses enfants, sans plus s'en soucier, à des mains étrangères, à des mains mercenaires, à des personnes enfin qui, malgré le plus profond intérêt qu'elles peuvent leur porter, n'égaleront jamais auprès d'eux la sollicitude d'une mère. Si la femme se dévoue à cette tâche, la doctrine israélite lui en fait un rare mérite : הני נשי במאי זכיין באקרויי בנייהו לבי כנישתא [1]

Et n'est-ce pas, mes Sœurs, une bien noble mission que celle qui ainsi vous constitue, en quelque sorte, les précepteurs de l'humanité? Car, à vrai dire, c'est à notre mère que nous sommes toujours redevables de notre bonheur ici-bas. Si nous sommes recherchés, considérés dans le monde, c'est parce que notre mère nous a donné cette simplicité de mœurs, cette convenance, cette élégance de manières qui charment ceux qui nous fréquentent; si le sentiment religieux a quelque pouvoir sur notre âme, c'est parce que notre mère y a établi le règne de la piété; si les lettres et les sciences ont posé leurs couronnes sur notre tête, c'est parce que notre mère était là qui stimulait notre activité à l'étude, récompensait notre zèle et nos progrès d'un aimable sourire et entr'ouvrait à notre jeune ambition les portes de l'espérance, les portes de l'avenir.

Et en présence de devoirs aussi sérieux, aussi délicats, aussi difficiles, peut-on croire que des législateurs aient soutenu que l'ignorance est l'apanage

[1] Talm., traité Berachoth, p. 17.

naturel de la femme, et que toute son ambition, en fait
de savoir et de talent, doit se borner à apprendre
la direction matérielle d'un ménage? Ce n'est pas
nous, mes Frères, après ce que vous avez entendu
sortir de notre bouche, qui dirions que cet appren-
tissage n'est pas nécessaire. Mais ce que nous tenons
à dire après cela, c'est que tout pour la femme ne se
borne pas à être une bonne ménagère. Le talent de
l'instruction est pour le moins aussi nécessaire, s'il ne
l'est plus, que l'autre talent, et cela en raison de
l'immense tâche qui incombe à la femme de faire
de ses fils des hommes capables de porter un jour, à
leur tour, le poids de la société, et de ses filles des
mères de famille dignes de ceindre la triple couronne
de la vertu, de la charité et de la piété. En tout cas,
mes Frères, le Judaïsme, je tiens à le proclamer ici,
échappe-t-il au reproche si souvent et si injustement
formulé contre lui, d'avoir cherché à maintenir dans
un niveau relativement bas l'intelligence de la femme.

Et d'abord, dans la Bible, vous ne trouvez nulle
trace de cette prétendue exclusion de la femme du
domaine des sciences et des connaissances utiles.
Ainsi, lorsque Moïse convie son peuple à se réunir
régulièrement pour entendre la lecture de la Loi, il
confond à dessein, dans une même phrase, l'homme
et la femme, afin de bien faire comprendre que l'un
et l'autre ont besoin d'appliquer leur intelligence à la
compréhension et à l'étude de la Loi divine qui, à cette
époque, était le résumé de toutes les connaissances
usuelles : [1] הקהל את העם האנשים הנשים והטף

Maintenant, quant à la doctrine talmudique sur ce

---

[1] Deutéronome, 31, 12.

point si controversé de nos jours : l'instruction des filles, je m'appuierai, pour conclure dans le même sens affirmatif, sur le grand Maïmonide, l'aigle de Cordoue, comme on l'appelle, celui enfin de tous les docteurs israélites qui, par un remarquable talent de synthèse, a le mieux saisi l'esprit du Talmud. Or, il dit expressément que la femme qui cherche à s'instruire obtient, et dans le ciel et sur la terre, la récompense qu'elle mérite : אשה שלמדה יש לה שכר [1] D'ailleurs, peut-on se méprendre sur le prix que les docteurs du Talmud attachent à l'instruction de la femme, quand on les voit rapporter avec une sorte d'orgueil les subtiles questions de science religieuse adressées par Jalté à son époux Rabbi Nachman [2], et s'étendre avec complaisance sur une observation respirant une large tolérance faite à Rabbi Méir par sa femme Berouria? Et si vous le voulez bien, je vais vous citer cette curieuse observation. La tradition rapporte, en effet, qu'un jour Berouria se promenait avec son mari qui fut insulté par quelques jeunes gens païens de mauvaises mœurs. Rabbi Méir, outré de leurs invectives et se souvenant trop bien d'une imprécation des Psaumes, se retourne vers eux en proférant ce verset : יתמו חטאים מן הארץ « Que les pécheurs soient » anéantis de dessus la terre! » Sa femme Berouria l'interrompant avec aménité : Mais ne te trompes-tu pas en donnant à ce verset une semblable signification? Il n'est pas écrit חוטאים, pécheurs, mais חטאים, péchés. Prions donc Dieu non point d'anéantir les

---

[1] Maïmonide, Hilchoth Talmud Torah, chap. 1, § 13. Comparez Talm. Haguiga, p. 3, et Talm. Sota, 20 et 21.

[2] Talm., traité Choulin, p. 109.

pécheurs, mais de faire disparaître les péchés, et alors
il n'y aura plus de pécheurs [1]. Peut-on encore se trom-
per sur les convictions des docteurs israélites, quand
on les voit demander avec une naïve surprise à ceux
qui voulaient priver la femme du bénéfice de la pratique et de la connaissance de la Loi : Quoi! vous ne
voulez donc pas que la femme soit aussi heureuse que
l'homme dans cette vie et dans la vie à venir? גברי בעי
חיי נשי לא בעי חיי [2]. Enfin, lorsque, comme nous l'avons
précédemment démontré, ils reconnaissent à la femme
la même origine, la même destinée qu'à l'homme, et
qu'ils lui accordent en outre, à un degré bien supérieur au nôtre, ce sentiment intime de reconnaître Dieu
dans les événements de la vie [3], serait-il possible ensuite
qu'ils eussent cherché à la rapetisser, à borner son horizon, à couper les ailes à son intelligence, cette intelligence par laquelle précisément elle sait si bien éclairer
l'esprit de ses enfants et les élever peu à peu avec elle
à la connaissance et à l'adoration du Dieu de vérité
et de bonté? Non, non, celle qui surtout a à prêcher
par l'exemple, celle qui, par son caractère à elle, sait
ennoblir le caractère de tant de personnes qui lui sont
attachées par une tendre affection et qui vivent autour
d'elle, à celle-là on ne saurait dénier et à plus forte
raison ravir le suprême droit d'orner son intelligence
de toutes sortes de talents utiles. Car, s'il est vrai que
des connaissances solides et variées donnent de la

[1] Talm., traité Berachoth, p. 10.

[2] Ibid., traité Kidouschin, p. 34.

[3] Voir Midrasch Rabba sur l'Exode, chap. 23, notamment le paragraphe
relatif à la femme au temps de la tyrannie des Pharaons. Comparez Talm.,
traité Sota, p. 11 verso.

rectitude au jugement, de la noblesse au sentiment, et au cœur des aspirations élevées, comment lui refuser le bénéfice d'un droit dont elle a besoin au même titre que l'homme?

Donnons donc à tous nos enfants indistinctement une éducation soignée, l'instruction la plus développée et la plus large possible. Ne marchandons pas à nos filles, par cela seul que ce sont des filles, cette culture de l'intelligence qui constitue, après tout, la véritable suprématie de l'humaine créature sur la terre. En Israël, la phalange des femmes instruites et inspirées, si elle n'a pas égalé en quantité celle des hommes, l'a, du moins, égalée en qualité. Ne pouvons-nous pas citer avec orgueil Miriam la sœur de Moïse, Déborah la prophétesse, des reines qui ont occupé le trône de Jérusalem, et cette autre prophétesse qui, du temps de Josias, a su interpréter le livre de la Loi, alors que personne presque n'en possédait plus la clef en Israël? Seulement, distribuons à chacun de nos enfants le genre et la mesure d'instruction qui lui conviennent le mieux. Tenons-nous dans des limites raisonnables, et rappelons-nous que la destinée de la femme est de viser à des connaissances pratiques, positives, et non de se perdre dans les dédales sans nombre et sans fin de la science spéculative. Dépasser ces bornes, c'est se faire condamner par le Judaïsme lui-même qui réprouve énergiquement l'égarement de ceux qui prétendraient faire de nos femmes autant de docteurs de la Loi : כל המלמד בתו תורה כאילו מלמדה תפלות[1]. En cela comme en toutes choses, il faut savoir tenir le juste milieu. C'est là qu'est le secret de toute

---

[1] Mischnah Sota, chap. 3, § 2, et Commentaire de Maïmonide.

vertu, de toute perfection, et je ne puis mieux, pour finir, vous exprimer ma pensée à cet égard, qu'en vous citant cette recommandation de nos docteurs : « Quand on lève la Loi au Temple pour la montrer » aux fidèles, il faut la tenir haut et la tourner aux » quatre coins, afin surtout que les femmes la con- » templent et s'inclinent avec respect devant cette » saine morale et devant ces saintes vérités qu'elles » doivent toujours chercher à apprendre pour les en- » seigner à leurs enfants et à leurs petits-enfants [1]. » Ainsi soit-il. *Amen.*

[1] Orach Haïm., chap. 134.

CINQUIÈME DISCOURS

CHERS FRÈRES,

Pour clore nos entretiens sur la condition et les devoirs de la femme, il nous reste un dernier point à traiter. Nous pensons bien que vous ne vous êtes point étonnés de nous avoir vu si activement préoccupé, dans le cours de cet hiver, de ce qui concerne la femme israélite et la manière dont elle doit comprendre et remplir ses devoirs. Ce n'est assurément pas qu'il se soit révélé à nous quelque défaut important, quelque grave lacune dans la façon dont vous, mes chères Sœurs, vous auriez compris jusqu'ici votre rôle, votre mission de mères de famille. Une communauté aussi ancienne et constamment aussi distinguée que la nôtre, doit, sans aucun doute, la plus grande portion de sa distinction, de son lustre et de sa floraison perpétuelle à la part que nos mères ont su toujours prendre à notre éducation. On sait l'influence que la femme exerce infailliblement autour d'elle. Elle est le lien de la famille. Là elle sait introduire la sérénité, la joie, la paix et des prospérités de tous genres. Par un tact exquis qui devine et ménage toutes les susceptibilités, elle sait dompter une nature rebelle, calmer un emportement surexcité, égayer la tristesse, charmer l'ennui, et mener dans le bon chemin celui qu'elle désire y voir sérieusement entrer sur ses pas. Qui d'entre nous, mes chers Frères, n'a pas déjà été témoin de cette puissante action exercée par une vertueuse épouse, par une pieuse mère? Qui même n'a pas incliné le front et plié la volonté à ses sages conseils? Représentez-vous donc en ce moment une de ces nobles et saintes familles, une de ces familles patriarcales que le ciel a bénie dans sa carrière, et d'où le temps, qui chasse tout devant lui, n'a pu chasser ni la vertu, ni la sagesse, ni les affections mutuelles; représentez-vous-la se réunissant tout entière autour d'une mère que l'âge a rendue plus vénérable encore, et cherchant auprès d'elle, l'un un avis prudent, l'autre une sage leçon, celui-ci une consolation dans le malheur, celui-là un confident de ses joies ou de ses espérances; représentez-vous cela, et dites-moi s'il y eût eu quelque chose de plus intéressant à étudier que ce thème qui a été le nôtre, et qui nous a permis de faire passer sous vos yeux la nomenclature des différents devoirs dont l'accomplissement fait précisément de la femme ce flambeau de la famille, cette conseillère intime, cette sorte de demi-déesse ?

Souffrez donc que, pour terminer notre étude, nous vous entretenions en ce moment du plus sacré des devoirs de la femme, de celui qui n'a pas encore fait jusqu'ici l'objet de notre examen; je veux parler du devoir religieux, digne couronnement, nous l'espérons, de nos réflexions précédentes.

Le devoir religieux de la femme, nous l'avons trouvé enfermé, vous vous le rappelez, dans l'expres-

sion נדה de la Mischnah [1]. La femme, dit ce code sacré,
— je tiens à vous remettre cette parole en mémoire, —
la femme meurt généralement avant son temps pour
trois choses non observées par elle, et parmi ces trois
choses elle compte la prescription נדה ou la pureté
toujours parfaite chez elle du corps et de l'âme.
Pureté toujours parfaite du corps et de l'âme ! Quelle
admirable recommandation élevée ainsi par nos docteurs et même par la Bible à la hauteur d'une loi religieuse ! Est-ce donc que la femme peut jamais
manquer à cette double recommandation, sans aussitôt
déchoir de la grandeur où la Providence a daigné la
placer, surtout vis-à-vis de l'homme? La netteté, la
propreté, je dis plus, une certaine recherche sur sa
personne, n'est-ce pas ce qui lui gagne même déjà
matériellement la considération et l'estime? Que sera-
ce donc quand tout cela aura été reporté à l'âme,
qui acquerra ainsi cette pureté parfaite dont parle le
texte de la Mischnah, et conservera cette innocence,
cette candeur, ce cachet de réserve, de chasteté et
de timidité qui font tout le charme de la vie domestique ?

L'âme de la femme, on peut le dire sans exagé-
ration, est comme une lyre harmonieuse dont les cor-
des sont mises en vibration par le souffle le plus
léger. A considérer la sensibilité extrême de cette
âme, n'oserait-on pas la comparer à cette harpe
légendaire de David, dont la tradition dit que le vent
du matin tirait les sons les plus suaves et les plus
harmonieux [2]? Cette âme vraiment est délicate et im-

[1] Voir plus haut, p. 21.
[2] Talm., traité Berachoth, p. 3.

pressionnable au suprême degré. Toutes les sensations qui y passent, tous les sentiments qui y dominent sont toujours montés au diapason le plus élevé. Mais je le dis à l'honneur de l'humanité que la femme perpétue après l'avoir portée des mois entiers près de son cœur, ce qui domine dans l'épouse, dans la mère de famille surtout, c'est la douceur, la bonté et le sentiment religieux. Par une disposition toute de nature et par une tendance irrésistible, la femme se sent poussée vers l'exercice de la piété comme vers celui de la charité. Aimer et servir Dieu, aimer et assister le pauvre, le malheureux, l'orphelin abandonné, ce sont là ses vertus capitales. Et pour entretenir ces vertus dans une fraîcheur éternelle, et pour les rendre inépuisables, Dieu l'a dotée d'un principe de dévouement et d'une surabondance de sentiment religieux dont il nous est presque impossible à nous, égoïstes et incrédules du XIXᵉ siècle, de bien calculer la mesure, d'embrasser l'étendue, de comprendre la grandeur. Ainsi donc, avec le diadème du dévouement au front et un trésor de piété au cœur, la mère se pose, au début de la vie, devant l'enfant qui vient de s'éveiller à la lumière du jour, comme l'ami le plus intime, comme le soutien le plus efficace, comme le gardien le plus vigilant, comme le maître le plus excellent auquel le succès est toujours le mieux assuré !

Aussi, malheur à elle si elle ne sait pas ou si elle ne veut pas profiter de tous ces avantages pour assurer le bonheur aux siens, surtout en entretenant dans leurs cœurs ce feu sacré de la piété qui est comme le feu du creuset où tout se purifie au sein de la famille ! Nous tous, mes Frères, qui avons le bonheur d'avoir à nos côtés des épouses bien-aimées, est-ce que nous ne savons pas que c'est d'elles seules, absolument d'elles seules, qu'il dépend que la religion ait ses autels dans nos demeures? Est-ce que quelqu'un d'entre nous s'opposerait jamais à ce que tout se pratiquât chez lui comme il l'a vu autrefois pratiquer par sa propre mère? Où donc est le mari qui préférerait aux sentiments de piété de sa femme ces sentiments d'irréligion avec lesquels rien n'est plus garanti au foyer domestique?

Quand la femme est pieuse, tout se sanctifie bientôt à son contact. La douceur, le calme, la patience, la résignation, et, par dessus-tout, la persistance dans les desseins, dont dépend la réussite de tant de choses en ce monde, ce sont là, mes Frères, autant de vertus qui deviennent le cortége habituel de la piété d'une mère de famille. Et savez-vous pourquoi la patience et la persévérance avec la résignation sont des qualités plus dominantes chez la femme que chez l'homme? Parce que ces vertus-là se rattachent par leur dernière racine à la confiance en Dieu et à la crainte du Ciel. Or, je vous le demande, qui de l'homme ou de la femme est le plus pénétré de ce double sentiment de voir en tout apparaître la main de Dieu et d'attendre tout de la bonté de ce Dieu? Ne nous est-il pas arrivé à nous tous, quand le désespoir tentait parfois de gagner notre âme, d'entendre tout d'un coup à nos côtés l'accent de notre femme nous exhorter au courage, à la résignation, à la confiance en l'avenir? Elle sait alors si bien faire sonner à nos oreilles le nom de nos enfants, la valeur de notre propre dignité, et la sainte charge que nous avons de demeurer résolûment en tête de la famille, que rarement nous avons

su nous défendre de l'influence qu'elle exerce si légi-
timement sur nos cœurs. Ah! si l'épouse, si la mère
de famille comprenait toujours la puissance de cette
influence; si, animée elle-même d'une sincère piété,
elle savait toujours nous faire entendre à propos ces
accents dont je parle, il y aurait de nombreux désas-
tres qui seraient, d'année en année, épargnés à des
familles dont les chefs se laissent trop souvent aller au
découragement, à l'inaction, au désespoir. Dans mon
dernier discours, je vous ai cité un trait de la femme
de Rabbi Méir. Laissez-moi vous en citer un autre
aujourd'hui qui vous prouvera le devoir qu'a la femme
d'affermir toujours dans le cœur de son mari la confiance et la résignation en Dieu. On raconte de cette
célèbre Berouria qu'un jour de samedi, pendant que
Rabbi Méir était à la Jeschibah, ses deux fils vinrent
subitement à mourir. Jugez de sa douleur, mes Sœurs!
Mais elle, elle s'arme de courage et tient pendant
toute la sainte journée cette affreuse nouvelle cachée
à son mari, afin de lui laisser passer le jour de repos
avec sa sérénité habituelle. A la sortie du Schabbat,
elle s'avance vers lui en lui demandant ce qu'il pen-
sait du devoir où était chacun de nous de rendre
toujours à son propriétaire les objets que ce dernier
lui avait confiés; et sur la réponse affirmative de
Rabbi Méir, elle le conduit près du lit où reposaient
inanimés ces deux êtres chéris, et là, elle l'exhorte
encore elle-même à s'armer de résignation et de
confiance en Dieu en présence d'un aussi terrible
malheur [1].

Voilà jusqu'où peut, jusqu'où doit savoir aller la

[1] Voir Midrasch Koheleth, à la fin.

piété de la femme. Elle a un véritable sacerdoce à
remplir au sein de la famille, elle est la prêtresse
de la maison conjugale. Dans ce milieu et après
l'influence qu'elle aura exercée sur le cœur de son
mari, elle a à former aussi le cœur de ses enfants.
C'est à cause d'eux surtout que je dirai ici que son
premier devoir est d'être stricte sur les pratiques
religieuses : [1] למה לנשים שהן מזדרזות במצות On sait
avec quelle facilité tout s'imprime dans le cerveau de
l'enfant. Le jeune âge prend, comme de la cire, toutes
sortes d'empreintes. Mais plus que la cire, il les conserve
éternellement. Il y a tel vieillard qui se rappelle
plutôt d'un fait de son enfance que d'un autre qui ne
date que d'hier ou d'avant-hier. Tout cela est mer-
veilleusement providentiel. L'enfant qui commence à
vivre a besoin de retenir pour apprendre; le vieillard
qui s'irrite des injustices, des déceptions de la vie, a
besoin d'oublier pour ne pas désespérer. Il est donc
essentiel que la mère s'observe constamment devant
son enfant. La reconnaissance journalière à témoigner
à Dieu, les coutumes traditionnelles à conserver, qui
sont le cachet de la vie israélite, la fréquentation
régulière du Temple, rien de tout cela ne peut être
négligé. Il ne faut pas que l'enfant s'étonne de ce que
sa mère ne prie jamais Dieu ni ne le lui fait pas
invoquer non plus; il ne faut pas qu'il puisse lui
demander, avec son ingénuité quelquefois si embar-
rassante, pourquoi ailleurs s'observent des pratiques
religieuses qui sont bannies du toit paternel; il ne faut
pas enfin qu'il apprenne à la table même de ses
parents à mésestimer, à déprécier les coutumes les

---

[1] Midrasch sur l'Exode, chap. 28.

plus saintes et les plus sacrées. L'enfant est plus observateur qu'on ne le croit, et souvent nous sommes surpris de trouver dans sa bouche des paroles que nous rougissons alors de lui avoir laissé recueillir sur nos lèvres.

Et si cet enfant est une jeune fille, il semble que le devoir de la mère devienne encore plus délicat et plus impérieux. C'est proprement de l'éducation de nos jeunes filles que dépend tout notre avenir religieux. Que voulez-vous donc que devienne le Judaïsme, si celles qui sont destinées un jour à en faire rayonner l'esprit et les saintes pratiques autour d'elles, sont élevées dans l'irréligion et dans l'impiété? Le roi-poète l'a dit avant nous et mieux que nous : שקר החן והבל היופי אשה יראת ה' היא תתהלל « Quest-ce que la beauté et » qu'est-ce que la grâce du corps, si la crainte de Dieu » est absente du cœur de la femme [1]? » Ce sont alors autant de dons funestes qui se changent en poison lent et corrosif sous la décomposante action de l'impiété. Si la femme n'a plus de religion, tout lui devient embûche sur son chemin, tout devient pierre d'achoppement pour elle, et lacet et filet où iront s'embarrasser ses pieds délicats. Sa demeure même, au lieu d'être le sanctuaire de l'Éternel, le séjour de la vertu et du bonheur, sera celui des folles dépenses, du luxe, de la coquetterie, de la fausseté, de la dissimulation, des querelles domestiques et de tous les malheurs qui en résultent infailliblement.

Oh! que ne puis-je ici vous dépeindre les antiques demeures des femmes d'Israël! Dieu y avait avant tout son autel. L'exercice des pratiques religieuses, le récit

[1] Proverbes, chap. 31.

des épisodes de l'histoire juive racontée par la mère aux enfants, une prière dite en temps opportun, à table, en se couchant, en se levant, c'étaient là les saints sacrifices que l'on y offrait régulièrement. Qu'elles durent être heureuses ces nobles femmes qui élevaient ainsi leurs enfants dans le respect et la crainte des lois divines et humaines, et faisaient de leurs fils de bons citoyens en même temps que des soldats dévoués à la cause du Judaïsme, et de leurs filles des mères grandes par le dévouement, illustres par l'austérité de leurs mœurs et l'autorité de leur exemple! C'est au mérite de ces nobles femmes que la maison de Jacob a dû de se conserver malgré les persécutions dont elle fut si longtemps et si violemment l'objet. Rien que cette pensée, rien que cette vérité historique, mes Frères, devait déjà enflammer d'une sainte ardeur nos épouses et nos mères de famille, et les conduire sur la route où tant de lauriers ont déjà été cueillis avant elles. Chaque devoir porte sa couronne avec lui, et l'accomplissement des devoirs domestiques en promet une qui brille sur le front de la femme d'un éclat tout particulier. Puissiez-vous, mes Sœurs, la conquérir pour votre propre gloire, pour l'honneur de vos maris, pour la prospérité de vos familles, et pour la satisfaction et pour l'orgueil de votre pasteur. *Amen !*

www.ingramcontent.com/pod-product-compliance
Lightning Source LLC
Chambersburg PA
CBHW061652180626
46818CB00003B/1073